해를 오래 바라보았다

해를
오래 바라보았다
I Gave the Sun a Long Look

이영광 신작 시집 New collection of poems by Lee Young-kwang

지영실, 다니엘 토드 파커 옮김 Translated by YoungShil Ji, Daniel T. Parker

POET

아시아

차례
Contents

해를
오래 바라보았다

I Gave the Sun a Long Look

POET

지각

오래 멀리 찾아간 사람과
건강 얘기를 했다
지나온 나날과 남은 날,
돈 얘기를 했다 늦게
정신이 들어 이제 바쁘다고
서로 요약해서 말했다
헤어지며 생각하니, 일 얘기
살 얘기만 나누었을 뿐
죽을 얘기를 못했다
같이 죽자는 말을,
마음을 꺼내지 못했다 마음이
비밀 같고,
비리 같았다
하늘땅을 여러 날 걸어
돌아와 생각하니,
그 모든 말들이 걱정에 싸여 있어서
마음 없는 말이 없었다

Being Late

I talked about health

with the person I had spent so much time to visit

We talked about how we had lived; how we would

live,

and money   After too much time

I came to myself, used the "I'm so busy" excuse,

and we curtailed our stories

As we parted, I realized we had only discussed

our work and our lives

but hadn't mentioned death

Let's die together;

I couldn't summon that thought   My mind

seemed to be a secret,

corrupted

After I returned,

by crossing ground and skies for several days,

I felt every single word was wrapped in worry

there was no word without mind

there was no mind without a word

Separation had come late to me

말 없는 마음이 없었다

이별은 나에게 지각하고,

나는 이별의 지각에

지각했을 뿐이었다

and simply I came late

to the delayed separation

그림자에 잡아먹히다

눈 코 입이 없다
허파도 심장도 머리털도 없다
좌뇌 우뇌도,

오줌똥도 피 눈물도 없다
스마트 폰이 지갑이,
주머니가 없다, 모든
뼈가 없다

그저 햇볕을 쐬었을 뿐인데
남근이 사라졌다
죄가 없어졌다, 지긋지긋한
인면수심이 사라졌다

지는 해를 업고 걸었을 뿐인데
생리는커녕
하문이 사라졌다
병도 꿈도 없어졌다

진땅에 떨어진 기저귀처럼
수의처럼

Devoured by Shadow

No eyes nose mouth

No lungs heart hair

No left brain no right brain;

no urine or feces nor blood or tears

No smart phone wallet

nor pockets; no entire

skeleton

I just went out in the sun as

my penis vanished

my sin vanished; the disgusting

wicked beast with a human face vanished

I just carried the setting sun on my shoulders as

my vulva vanished,

all bodily functions

diseases and dreams were gone

all was a diaper

a shroud that fell into the mud

조금 전 조금 뒤

돈하고 별 인연 없는 나도 전에 어쩌다
빚 받으러 간 적 있다
조금 전에 이사 갔는데요

아버지 위중하단 전화 받고 내달렸는데
조금 전에 돌아가셨다,
어머니가 말씀하셨다

나는 조금 전을 이겨본 적이 없다
숙제장을 잊어먹고 집에 돌아갔다가
다시 학교로 뛰어가는 아이처럼
땀 흘려, 조금 전에 지각하곤 했다

흉하게 일그러지는 네 우는 얼굴에
지각하고 싶지 않았는데,
조금 전에게 지면 늘

A Little While Ago
A Little While Later

Money and I are strangers but once I was

a debt collector

Oh, that person moved away a little while ago

I hurried after the call about my father's condition

My mother said

Oh, he passed away a little while ago

I could never beat "a little while ago"

Like a kid who runs back to school

after going home for forgotten homework

I'd be sweaty and late for "a little while ago"

I didn't want to be late

to your contorted and crying face

whenever I lose to "a little while ago"

"a little while later" always follows

just like the deadbeat had run far away

조금 뒤가 온다

빚쟁이가 먼 데로 숨었듯이
아버지가 몸밖에 없었듯이
응, 이제 괜찮아, 정말 괜찮아,
어느새 웃고 있는 네 얼굴,

모가지를 비틀어버리고 싶은
조금 뒤가 온다

just like my father had become only a corpse

Yes, I'm okay now, really I'm okay

you already with a smile on your face

"a little while later" arrives

and I want to wring its neck

벽제 울음

울면서 우는 사람

소곤대며 우는 사람

졸면서 우는 사람

표정 없이 우는 사람

기도하며 우는 사람

찬송으로 우는 사람

서서 우는 사람

앉아 우는 사람

생각하며 우는 사람

생각 없이 우는 사람

먹으며 우는 사람

돈을 세며 우는 사람

채팅하며 우는 사람

웃으면서 우는 사람

벽제 울음은

어떤 얼굴도

분실하지 않는다

Crying at Byeokje[1]

Person who cries in tears

Person who cries in a whisper

Person who cries in a doze

Person who cries stonily

Person who cries in prayer

Person who cries praising God

Person who cries standing

Person who cries sitting

Person who cries in thoughts

Person who cries thoughtlessly

Person who cries eating

Person who cries counting money

Person who cries chatting on a smartphone

Person who cries laughing

Crying at Byeokje

don't lose

their faces

---

1 A crematorium is located in Byeokje village (Gyeongi Province) in
the northern area of South Korea.

신문 1

수업 끝내고,

어룽어룽한 등나무 그늘에 앉아 있다

해방이다

해방은 무슨, 캠퍼스 감금이지

체제의 명령

제도의 냉기

등나무 그늘

먹고 살려면, 신문받아야 한다

목숨이란 무엇이냐

등나무는 푸르고

굴욕의 문장들처럼

등꽃도 푸르다

신문은 지겹다, 아니 신문을

기다려 왔다

살고 먹으려면 날

신문해야 한다

넌 누구냐?

Interrogation 1

After teaching my classes

I'm sitting in mottled shade of wisteria

I'm free

Free? I'm confined to campus

By order of the regime

By chill of the system

The shade of wisteria

I eat to live, so I must be interrogated

What is life?

The wisteria tree is blue

and its blossoms are blue

as if sentences of humiliation

An interrogation is boring, no,

I've been awaiting interrogation

I live to eat, so I

should interrogate myself

Who are you?

My throat choked with phlegm

Are you me?

I'm waiting for students

가래 끓는 목으로

너는 나냐?

학생들이 저녁 먹자고 해서

기다리는 중이지만

그놈들도 젊음도 산들바람도 다

불어오는 것이고,

불어오는 것은

간계가 안 보여 좋다

등나무 그늘

이 신문에 뚝뚝 떨어지는

땀방울도 좋다

해는 뜨겁고,

그늘은 어딘가 꿈결 같지만

캠퍼스는 자연이 아니고

문명은 더욱 아니고,

나는 이제 혼자서는 나를 잘

살리지 못한다

목숨은 이렇게 함부로

아끼는 것이냐

등나무 그늘

who want to have dinner with me

those kids, youth, a refreshing breeze all

come blowing

and things that come blowing

are not tricky, so I like them

The shade of wisteria

I also like my beads of sweat

dripping under interrogation

The sun is scorching

and the shade feels dream-like

but campus is not nature

even less is it civilization

now I can't save myself

by myself

Should I spare my life

recklessly like this?

The shade of wisteria

Things that come blowing don't know

hesitation; there's no hesitation

I like it; I like the self-confidence,

which grows blue aimlessly without self

without knowing any savior

Now I can't kill myself

하지만 불어오는 것은 주저를

모른다, 없는 주저가

좋다, 무엇이 살려주고 있는

중인지도 모르면서

공연히 푸르러만 가는 이

자신(自身) 없는,

자신감이 좋다

나는 이제 나를 혼자서는 잘

죽이지 못한다

나는 나와 동일인이 아니다

고독이 좋다,

나는 없어도 좋다

주저 없는 주저가 좋다

by myself

I am not the same person as me

I like solitude

I like self which has no self

I like hesitation which has no hesitation

신문 2

잡지 편집자는 고운 목소리로 잘도 날

신문해서, 청탁을 성사시켜버린다

너무 쉽게 자백해 큰일 난 나는

몇 문장만 얻어 보려고 나를 신문한다

내가 신문하는 시늉만 하니까

나는 나에게 벙어리 시늉만 한다

신문하던 나는 지쳐 신문받던 나를

집에 두고 여기저기 걷는다 허기를

잊고 교외로 나가다 보면 어느새 저만치

신문받던 내가 뒤따라오고 있다

우물쭈물 무슨 할 말이 있는 모양인데,

부르면 등 돌리고 아무 말이 없다

돌아오는 길은 축축이 봄비가 내려

우산을 받고 걷는다 걷다가 또 돌아보면,

신문받던 내가 여전 뒤처져 오고 있다

무슨 말을 우물거린 듯한데 하나도

알아들을 수가 없다 엉거주춤,

Interrogation 2

A magazine editor with a soft voice cajoled me
and was awarded my acceptance of his offer
I'm in trouble for being so easily persuaded
so I interrogate my self in order to gain some lines
I keep pretending to interrogate the self
and the self keeps pretending it can't hear me
Tired of the interrogation, I leave my self at home
and walk about, here and there   Forgetting hun-
ger,
I reach the suburbs but see in the distance
the questioned self is dogging me
as if it hesitates to speak
I turn but self turns away when I call out
On the way back, gentle spring rain falls
and I carry an umbrella   When I look back again,
the questioned self is still following
and seems to be mumbling something
I cannot understand   With no confidence,
head down, the self leans against a utility pole
As I approach to share my umbrella, the rain-

고개를 숙이고 전봇대 아래 서 있다

우산을 씌워주려고 다가가면 다 젖어

비칠비칠 물러난다 기운이 없어 화내거나

멱살을 쥐지도 못하는 건 나지만, 그 또한

어깨가 구부정하고 다리는 절룩거려

내 쫓아간 만큼 허위허위 물러나고

돌아온 만큼 또 따라붙으니 고운 목소리,

고운 목소리라도 있었으면 싶어진다

신문받는 그가 신문하던 나이고

신문하는 내가 신문받던 그였음을

알면서 알지 못한다 이렇게라도 몰라야

어두우면, 어디 갈 데도 없어 좁은 방에

함께 들 테다 지친 미안과 엄한 다독임으로

신문은 우릴 먼 어둠으로 데려갈 터이다

drenched self

staggers backward   I am the feeble one, so

I can't get upset or seize my self by the neck,

but self also limps with hunched shoulders,

arms swinging wildly, stepping back as much as I
pursue

and chasing me closely as much as I move away; a
soft voice,

I wish I could have a soft voice

I know but know I don't know

the questioned self was questioning me

and I the interrogator was the self being interro-
gated   Ignorance

allows us, with nowhere to flee from the coming
darkness,

to stay together in a narrow room   Tired of sympa-
thy and strict coaxing

the interrogation will carry us into the still-distant
darkness

청동기

이제 돌 가지곤 안 돼

자연에 지쳤어

찾아야 해

우리는 왜 이렇게

모자라니

깨어지고 부서지는

돌을 봐

얼마나 피에

젖어 있니

난 더 멀어지고 싶어

최후의 인간이 될 거야

돌보다 더 무르고

뜨거운 손으로

섞고 싶어

자연을

자연의 침묵을

뽑아내고 싶어

Bronze Age

We need more than stones

I am tired of nature

We should search

We, why so helpless

like this?

Look at stones

broken and shattered

Covered with

so much blood

I want to be farther away

I will be the last human

With hands

softer and hotter than stones,

I want to arouse

nature

I want to extract

silence from nature

Nature has no future

It has nothing but stones

So take my blood

자연에 무슨 내일이 있니

돌뿐인데

그러니 내 피를 가져가고

불을 줘

더 골똘하고

어리석은 불을,

벼랑에서 타오르는 새 날을 줘

최초의 인간이 될 거야

내가 가까워질게

녹아서 찾을게

돌을 태워서 무서운

새 돌을

더 무섭고

더 빛나는 돌을

please give me fire

a fire more serious

and stupid

a new day burning up a cliff

I will be the first human

I will approach

be melted and discover

new stones that will be terrifying

after burning in fire

stones more terrifying

and glowing

어머니 말씀

이해할 수 없는 어머니 말씀

앞뒤가 안 맞는 말씀

했던 말 또 하시고,

했던 말 또 지우며 오는 말씀

놀라라, 남 욕하는 말씀,

듣는다

들어드린다

이해할 수 없어 그냥 다

이해되는 말씀

이해하려 하지 않아도 처음부터

이해되어 있는 말씀

하느님처럼 아득하시고

하느님처럼 지당하신 말씀

예

예

예

안개 같고 졸음 같고 가시 같아서

Mother's Words

My mother's incoherent words

My mother's illogical words

She repeats what she said over and over,

and says words that erase what she said over and

over

Surprisingly, she gossips

I listen

I willingly listen

So incoherent, her words as a whole

can be coherent

Even though I didn't try to understand at the begin-

ning

her words have already become coherent

Her words remote like God

and reasonable like God

Yes

Yes

Yes

I listen

I willingly listen

날벼락 같고 거짓말 같은

어머니 말씀, 무조건

듣는다

들어드린다

어머니는 이제 신비를

유언하기 시작했으니

나도 즉각 신비가 되어

엎드려 듣는다

예

예

예

이렇게나 쉼 없는 유언

들어드린다

이렇게나 쉽게 계속될 신비

들어드린다

어머니가 어머니 하셨다,

신비가 신비 하셨다,

들어드린다

unconditionally to my mother's words

like fog and like drowsiness and like thorns

and like unexpected lightning strikes and like lies

My mother has begun saying

her last words of mystery

so I instantly become mysterious

and listen while doing prostrations

Yes

Yes

Yes

I willingly listen to

her last words that continue so restlessly

I willingly listen to

mysteries that will continue so easily

Mother being mother

Mystery being mystery

I willingly listen

해

해가 동에서 떠 서로 가는 걸

오래 바라보았다

환해서 안 보이는 그것을

힘껏 바라보았다

걸어가다 고개 들면 가까이

더 명백해지고 있었다

다 벗고 지나가는 비밀을

모조리 까발려진 어둠을

종일 뜬 눈으로,

울며 보았다

The Sun

I gave the sun a long look
as it moved from east to west
Too bright to be seen
I watched it with all my might
When I raised my head while walking
it was approaching and growing more lucid
The completely naked secret passing by
the completely revealed darkness
I stared at it in tears
all day long without blinking

성가신 사람

사람은 귀찮고
성가시지만
사람 앞엔 '어떤' 같은 수식어쯤
붙여야겠지

사람이 곁에 없으면 편하고
홀가분하지만
거기에도 '대체로' 같은 수식어가
달라붙어 있다
진드기처럼

곁에 사람이 없다는 것이 귀찮다
없는 사람이 성가시다
눈이 감기고 고개가 꺾이도록
아주 성가시다

People Are Annoying

People bother me
they are annoying
but it's reasonable
to put the modifier "some" before people

Away from people, I feel comfortable
and carefree
but even then, an adverb like "usually"
clings
like a tick

It bothers me that I have no one with me
An absent person is annoying
So annoying
it makes my eyes close and my head bob

반성문

시 열심히 쓰는 이들은 많고

나는 요즘 쓰지도 못하니

뭐라도 해야 한다면

반성문을 잘 써보고 싶다

어렸을 땐 한 번도 반성하는

반성문을 쓰지 않았다

나이 들어선 아예

쓰지 않았다

두 눈을 똑똑히 감고

내가 뭘 잘 했는지

잘 못했는지 아니,

무엇을 했는지 금세

잊어버렸다

사는 게 어려서 쓰던 반성문을

여기저기 품고 다니며

꺼내 읽는 일 같을 때

고쳐 쓰고 고쳐 쓰는 일 같을 때

Writing as Punishment

Many people write poems hard

but these days I can't write

If I have to do it

I want to try to write well for punishment

When I was a kid I never wrote

punishment paragraphs that truly reflected my ac-
tions

When I grew older

I couldn't write for punishment at all

With eyes tightly closed

I would quickly forget

what I did right

what I did wrong, actually, no

what I did

When living seems like reading a child's punish-
ment

carrying it with me everywhere,

when it seems like revising it over and over,

blankly I get my mind straight,

and want to tell precisely

멍하니 정신을 차리고,
잘 한 일 잘 못한 일을 잘
말해보고 싶다
내가 지금 대체 어디서
무얼 하고 있는 건지나
한 번 잘 써보고 싶다

what I did right and what I did wrong

I want to try to write well about

where I am now

and whatever I'm doing at all

사랑의 귀신

살려줘요

사랑에게 엎드려
빌었던
사랑은

네 사랑은

어둠으로부터
어둠의 어둠의 어둠으로부터
눈을 뜬다

태어난다

생매장이었으므로

Ghost of Love

Please save me

Love
knelt down
and begged to another love

your love

opens eyes
from darkness
from darkness of darkness in darkness

is born
alive

because it was buried alive

무임승차

사랑은 없다
내가 사랑이 되기 전에는
자유는 없다
내가 자유가 되기 전에는
평화는 없다
내가 평화가 되기 전에는
삶도 죽음도 없다
내가 그것들이 되기 전에는

사랑과 자유와 평화와 삶과 죽음으로 가는
무상(無償)의 열차가
꿈의 플랫폼에 들어온다
밤을 울며 기다리다
떠나간다

나의 애타는,
무임승차는 없다
내가 무임이 되기 전에는
어떤 박봉으로도 안 되는
무상이 되기 전에는

Free Ride

No love
unless I become love
no freedom
unless I become freedom
no peace
unless I become peace
no life nor death
unless I become them

Heading to love and freedom and peace and life and
death
   the free-ride train
   enters the platform of my dreams
   cries waiting through the night
   and leaves

No free ride
for me to eagerly await
unless I become fare-free
unless I become unpaid
and never draw even the smallest salary

이력서

그는 모든 디테일을 생략한다 들어갔다간 나왔다고
쓴다 하다가 말았다 하다가 말았다고 쓴다 더 할 일이
없다고, 뭐든 하겠다고 쓴다 당신들 마음대로 하라고,
나를 마음대로 하겠다고, 덧붙이고 싶다 나는 멀쩡합니
다 자신 없지만, 자신 있습니다 중얼거린다 항복하고
싶었지만 더 항복할 길이 없었다고 쓴다 항복하고 항복
했지만 더 항복할 곳이 있다고, 생각해 본다 멀쩡한 자
기를, 수술해서 병든 자기를 쓴다고, 생각하지 않는다
생각하지 않으려고 생각해 본다 병든 손을 움직여 병원
에 낼 이력서를 쓴다고, 말하지 않는다 병원이 아닌 곳
에 쓰지 않은 적이 없고, 환자가 아닌 채로 쓰지 않은 적
이 없다고, 쓰지 않는다 나는 너무 많은 생략을 포기한
다고, 포기를 생략하지 않겠다고, 찢어버린다고, 쓰지
않는다 찢어버린다

Résumé

He omits all details writes he entered and then resigned writes he tried and then quit then tried and then quit writes that he has nothing else to do and he will do anything would like to add *act as you will I will control myself* murmurs *I'm completely fine I'm not confident but I'm confident* writes he wanted to surrender but there was no way to surrender any more thinks he surrendered and surrendered but there are more chances to surrender doesn't think he writes about his good health or about suffering from illness after surgery thinks not to think doesn't tell he writes a résumé for a hospital by moving his sickly hand doesn't write there has never been a time when he hasn't written to a place which wasn't a hospital and has never been a time when he hasn't written when he was not a patient doesn't write *I give up so many omissions I won't omit giving up I will rip this up* rips it up

잊는 사람

정말 슬픈 사람

정말 기쁜 사람

정말 생각하는 사람 속에는

잊는 사람이 있다

슬픔을

기쁨을

생각을

잊어버리는 사람이

사라져버리는 그 사람이,

슬픔의 말

기쁨의 말

생각의 말을

훔쳐 가면

울음이

Person Who Forgets

People who are really sad
People who are really happy
People who really think   All have
a person who forgets inside them

The person who forgets
sadness
happiness
thoughts

the disappearing person,
goes stealing
words of sadness
words of happiness
words of thoughts

tears
laughs
thoughts bloom
on your entire face

웃음이

생각이 그대 얼굴 가득

피어난다

울음도 웃음도 생각도 아닌,

잊힌 그 사람이

그립게,

그립게 밀물져 온다

Not tears nor laughs nor thoughts,

the forgotten person

yearningly,

yearningly flows in like the tide

숨바꼭질

시 같은 건 찾아다니지 않는다
대낮에도 등불을 들고 시가
날 찾아다니니까

내가 할 일은 잘 숨는 일
꼭꼭 숨는다
그래야, 들킬 테니까
죽은 듯이 숨어야
태어나듯 들킬 테니까

발각과 체포와 구금과
압착 신문으로,
신병이 확보되길 기다리면서 어어어,
누설하리라
꿈꾸면서

폭탄의 뇌관처럼 위협적으로

Hide-And-Seek

I don't seek such things as Poetry
Poetry carries an oil lamp even at high noon
to search for me

I must go into hiding
find the perfect place to hide
so I can be found
If I hide like death
being found will be birth

Dreaming about
waiting for so-o-o-o long until I can be arrested
be caught, taken into custody, detained
and intensely interrogated
then confessing

I'm in hiding
dangerous as a detonator
I'm sticking my head out
like a grenade pin   a door pull ring   being on the run

숨어 있다
안전핀처럼 문ㄱ리처럼 면식범처럼
고개 내밀고 있다

목격자에서 용의자로, 진범으로, 명명백백한
판결을 꿈꾸는
달콤한 시간이 흐른다 흐르지만,
흘렀는데

그러나 어두운 어두운 시의 눈이여
백주 대낮의 화등잔,
눈을 뜨고 지나가는 장님이여

진범에서 용의자로 단순 목격자로 강등되어
풀려나면서,
모든 죄를 뒤집어쓴
결백한 폐인이 되어
장님을 쳐다보는 장님이여

From being a witness to becoming a suspect, then
being the accused
    dreaming of hearing an explicit verdict
    sweet hours elapse   elapse
    have elapsed

    yet with blind blind eyes gaping and
    shining oil lamps at broad daylight
    Poetry passes me by

Demoted from the accused to a suspect and finally
only a witness
    and now being released
    falsely charged with all sins
    an innocent devastated soul
    the blind gazes at the blind

굴뚝새처럼

굴뚝새 울음이 들려온 듯한 새해 아침

발전소 굴뚝은 높은 하늘에

하늘의 둥지엔 맨발로 걸어 오른

한 사람, 또 한 사람

공중을 나의 공장처럼 안으려면

새가 되어야 할까요

곪는 두 팔이 날개가 되도록 기다릴

시간이 없는데

아직 한 줌의 체중이 있는데

뼈를 말려,

비울까요

아득한 공중의 밑바닥에서

새해 아침 굶주림은 배불리 욕을 먹습니다

Like a Chimney Swift

New Year's dawn breaks with phantom cries of a
chimney swift

On a power plant's smokestack in the high sky
One person and another
climbed with bare feet to build their nest in the sky

Should I become a bird
to cling to this nest in midair like I cling to my fac-
tory?
I have no time
to wait before my starved arms become wings
I have only a handful of weight

Should I hollow out my bones
by dehydrating them
in the middle of the distant sky?

Hunger feels full after swallowing pejoratives on
New Year's morning

새가 되고 싶어 했다는 이유만으로,

단지 굶주림이란 이유만으로

쌍욕을

까마득한 지상은 황금 돼지해

황금 돼지들이 가득해서,

황금 돼지라는

맹수들이 우글거려서

하얗게 살얼음이 낀 공중의 공장 길

디뎌볼까요

텅 빈 배 텅 빈 뼈로

굴뚝에서 날아오르던 굴뚝새처럼

only due to wanting to be a bird

only due to being Hunger

Hunger swallows the cursing

This far-away land in the Year of the Golden Pig

is full of golden pigs

the fierce beasts known as pigs of gold

live in swarms

So I will step on

the thin white icy path of the factory in midair

Like a chimney swift that soared up and out of a
chimney

with a hollow stomach   with hollow bones

Translators' note: On Jan. 11, 2019, two members of the FineTek chapter of
the Korean Metal Workers' Union ended a 426-day sit-in 75 meters high on
the smokestack of a power plant in Seoul. They were protesting after being
terminated when Starflex acquired Hankook Synthetics.

충돌

낮엔 봉고에 부딪혀 나뒹군 오토바이를,
저녁엔 버스와 부딪친 소나타를 본다
찌그러졌다
누군가 피 흘리며 비명 한 점 없이
실려간다

몸과 몸이 부딪쳐
더 나아가지 못하는 곳이
사랑이었는데
충돌이었는데

어느 날, 몸은 몸을 통과해서 갔다
피 한 방울 흘리지 않고
구급차도 없이
묵묵히 걸었다
절었다

택시는 종암동 사거리에서 브레이크를 걸고
혀를 차며, 이십 분을 멈춰 있다
뒷좌석의 투명인간은 아마도
한 이십 년을

Crash

I see a moped tumbling after a crash with a Bongo[2]
in day time,
  in evening a Sonata[3] that impacted with a bus
  Crushed
  Someone being carted away
  bleeding without screams

  Nowhere further to go
  after two bodies impacted together:
  Love
  Crash

  One day, one body passed through another body
  Without bleeding a drop of blood
  without using an ambulance
  it silently walked
  limped
  The taxi driver clicks his tongue with his car braked
  delayed at Jongam-dong intersection for twenty
minutes
  This invisible man in the back seat
  maybe for twenty years

---

2 A Bongo is a cabover truck with low side railings and is very
   common in South Korea.
3 A Hyundai car model.

겨울비

책은 아주 싫고 음악도 시시하고 영화라,
영환 곧 끝나지, 극장 문전에 또 축축이 겨울비
내릴 테지, 갈 곳도 오란 곳도 없을 테지 아무려나
볼일 없어 갈 수 있는 곳, 아무 일 없어서
반드시 가고 싶은 그런 데는 없나? 진짜,
12월은 왜 와서, 겨울비는 왜 와서, 만화 보러 간다
내가 오래전에 배운 그림 이야기, 이야기 그림
오래고 깊은 것이, 인정사정없는 은신이 필요해
날 제일 잘 감춰주는 때 절은 심야 응급실
들어가면 못 나오는 감금, 매몰, 수혈이 필요해
이 나이에 만화방이라니, 아니, 이 나이가 어때서
비 내리는 것 봐, 젖는 사람들 좀 봐, 한 발짝만
내디디면, 그칠 줄 모르는 이 비 피할 텐데
번개에 타는 네거리의 청동상도 꼼짝없이
비를 맞네, 이가 딱딱 부딪치는 젖은 웃음을
웃고 있네, 만화방 가야 하는데, 어서 비 맞고 가서
불을 꺼버리자 벌건 마음을 웃어버리자! 책은 싫고

Winter Rain

I really hate books, music is trivial, a movie—

a movie will end soon, winter rain will still gently
fall at the gate of a theater,
I will have no place to go and no invitation; isn't
there a place
where I can go casually,
a place I really want to go on my day off? Seriously,
why the hell has December come? why the hell
does winter rain fall?
So, I go to read *manhwas*[4]

A long time ago, I learned the narrative writing and
art skills of comics
I need something old and deep, the ruthlessly per-
fect shelter
I need confinement, burial, blood transfusion, with
no exit,
as if stuck in an old dirty emergency room, the best
hide-out
Going to *manhwabang*[5] at my age—wait, why does

---

4 Comic books.
5 *Manhwabang* is traditionally a kind of small, humble café in South
   Korea where people can read *manhwas* or perhaps just to enjoy the
   feeling of seclusion.

음악도 시시하고, 추워 떠는 일 뜨거워 떠는 일

선 채로 준동하는 사람 몸의 일, 싫어라

숨어서 수음하는 아이 같구나 밥 먹기도

밥 벌기도 싫은 늙은 발정은 어디서 와서

어디로 가나? 생각은 싫고 생각을 생각하기도 싫고

젖다가 타다가, 젖다가 다시 타는 겨울비

모든 것을 다 싫은 걸로 바꿔버리는

그저 좋은 것이 와선 안 가네, 안 나가네

벌거벗은 겨울비

age matter?

Look at the rain falling, look at the people getting wet;

if the bronze statue at the intersection took one step forward,

it could avoid this endless rain, instead, it gets rained on,

burns when lightning strikes, laughs wet laughs with chattering teeth;

I should find a *manhwabang*; right away I want to arrive drenched in rain

and extinguish my fire   I will laugh at my red-hot mind!   I hate books

and music is trivial, and also hate human physical symptoms

like shivering from the cold, shivering with fever, trembling standing upright

I'm like a kid who masturbates, hiding   I hate eating and making a living,

though, where does this old hot desire come from and go to?

I don't like to think and don't like to think about thinking

This winter rain is wet and burns, is wet and burns

It is simply good, and doesn't go, won't go away, this naked winter rain

makes me hate everything

퇴근길

풀꽃 들판이여,
다툼 아닌 것이 없구나
살지 않으려는 것이 없으니
시험을 치러야겠다
풀꽃들이여 새순들이여 연록이여
너희 못된 어린것들을 심사하겠다
모두 살려고 하는 전면적인 반칙,
심층 면접하겠다

그러나 금방 포기하겠다
회색의 일을 많이 했으므로
침울하고 따사로운 책상에서
눈사람처럼 추웠으므로
봄바람을 눈 감고 심사하겠다
아지랑이를 눈 감고 면접하겠다
너희들의 파상공세를 수수방관하겠다
엄정하게,

On My Way Home from Work

A field of wild flowers,

there's nothing that doesn't compete

there's nothing that doesn't try to survive

so you need a test

Wild flowers, buds, light green leaves,

I will evaluate young, wicked you

All commit flagrant violations to survive,

so I will conduct in-depth interviews

But soon I will give up

since I have done much gray work

I was cold as a snowman

at the depressing but almost warm desk

I will evaluate the spring wind with my eyes closed

I will interview shimmering haze with my eyes

closed

I will merely watch you attack wave after wave

Strictly and fairly,

I will select all of you

모두 뽑겠다

풀과 꽃의 시험장이여

눈 뜨면 또 총체적인 속삭임들이여

퇴근길의 나는 지쳐,

말이 많구나

The test site of grass and flowers

When I open my eyes, whispers again become ho-
listic

On my way home from work, I'm tired

and become talkative

시인노트
Poet's Note

미지 앞의 무지. 무지라는 이름의 무장 해제. 무장 해제의 괴로운 즐거움. 제자리에서 사라지는 사람. 끝없는 사람.

2019년 세한,

이영광.

Unknowing before being unknown. Disarmament named ignorance. Painful delight of disarmament. People who disappear from their own positions. Endless people.

The dead of winter 2019,

Lee Young-kwang

시인
에세이
Poet's Essay

POET

*

어디를 둘러뵈도 할 말을 찾을 수 없을 만큼

할 말이 있는 사람이

시를 쓴다.

시인은 더 잘 더듬으려고 애쓰는, 이상한 말더듬이다.

*

시인이 되고 싶어서 학교에 들어오는 학생들이 많지
는 않다. 나는 제가 무엇이 될지 모르는 학생들을 환대
한다. 모르는 사람들이 늘, 열심히 한다. 모르는 사람은
찾고 있는 사람이니까. 그의 눈은 얼마나 빛나는가. 알
고 싶어 하는 사람의 얼굴은 얼마나 젊고 아름다운가.
하지만 이들에게 내가 보여줄 수 있는 건 어떤 더 막막
한 모름일 뿐이다. 정말 모르는 사람이 겪는 무장해제
같은 상태. 앎은 늘 모름을 향해 열려 있다. 시를 써보
고 싶어요, 하는 어린 친구의 들뜬 말은 감동스럽다. 그
는 그것이 정말 쓰고 싶은 상태임을 모르는 것 같다. 그
는 모르면서, 내 앞에 있다. 그런데 이미 그걸 알고 있
다. 그는 자신이 안다는 것만을 모르는 상태다. 이런 학

생이 날 제일 기쁘게 하고 제일 아프게 한다.

*

간혹 잘 안 되는 걸 하려는 학생들이 있다. 안 돼서 다 그만두는 걸 왜 하려고 할까 싶어서 보면, 두 눈이 번쩍번쩍 젖어 있다. 기어서라도 어딜 가야겠다는 듯 몸에 힘이 하나도 없어 보인다. 그만두고 싶어 보일 만큼 힘이 하나도 없는 사람이 뭘 하겠다 그러면, 술 한잔 사주며 어깨를 두드려준다. 진짜 안 되는 건 안 되더라도 하는 것이다. 이 세상 끝까지, 안 돼보는 것이다.

*

우리는 교실에 모여 앉아 있습니다. 이 교실에서 통용되는 삶이, 저 창밖의 허공에서도 통용될 수 있습니까. 창을 열고 공중을 움푹 내디딜 수 있습니까, 삶이란 것은. 또는 시라는 것은.

교실 안에 놓인 책걸상처럼, 책걸상에 앉은 태연한 얼굴들처럼 자리 잡은 시가, 저 창밖에서도 시가 됩니까. 창을 열고 허공에 몸을 던지면 그것은 대체 무엇이 됩니까. 공중에는 피 냄새가 나지 않겠습니까. 이번 시간엔 창밖으로 손을 뻗어 허공을 한 줌 집어오지요.

그걸로 창 안을 조금씩, 분녕히 지울 수 있도록.

*

시만 좋으면 괜찮나, 하는 공격적인 물음을 잠시 생각한다. 그럴 리가 있나. 시만 좋아선 안 되지. 하지만, '시만 좋'기도 참 어렵다는 것. 골방의 글쟁이에게는 사실 이게 고민의 거의 전부라는 것. 그래서 세상사에 어두운 자의 글쓰기는 칼날 위의 보행 같다.

합평 수업을 하다 보니, 어두운 시들을 자주 접하게 된다. 사는 괴로움보다는 글이 안 돼서 우울해하는 문장들을 만날 때 더 마음이 무거워질 때가 있다. 그게 어느덧 그 학생들의 삶이 돼버린 것 같아서. 시가 온통 상처와 신음으로 덮여 있어도 좋다는 말을 들려준다. 하지만 앞 못 보는 내면의 어둠을 멀리서 감싸주는 영혼의 광원을 느끼지 못하면, 마음 전부가 다쳐 허물어질 수 있다고도 하고, 우울은 필요하지만 명랑은 필수라고 조언도 한다.

우울은 시 쓰기를 가능하게 하는 힘이지만, 명랑은 그걸 끝까지 해내게 하는 힘 아닐까.

*

　수사, 비유에 무척 공을 들이긴 하나, 말들이 너무 번쩍거려 혼란스러운 시를 쓰는 학생들이 있다. 어제 상을 받은 모 시인의 경우처럼 자신의 수사학적 능력을 특화시켜 어느 경지를 개척해버리면 좋다고 본다. 그러나 그건 아득한 경지이니 처음부터 비유에 열을 올리는 건 지혜롭지 못한 것 같다. 좋은 비유나 수사는 사물의 밖에서 끌어와 붙이는 것이 아니라 사물의 안에서 우러나오는 것 아닐까. 시체에 우글거리는 구더기, 웽웽대는 파리 같은 것이 수사다. 시체를 시체답게 만들어주는 것, 시체를 파먹고 살며 한 몸을 이루는 것. 그런 게 아니라면 비유나 수사가 시에 무슨 도움이 될까. 개칠과 장식은 시의 보행에 장애를 초래한다. 스스로가 스스로를 방해할 이유가 없다.

*

　시의 결말에 대한 말을 하다가, 살짝 더듬거리다가 이런 생각을 했다. 우리 무의식이 의식의 어느 지점에 부착될지 알 수 없듯이 시의 문장은 늘 다음 문장을 모르는 거라고. 시의 결말도 그렇지 않을까. 결말은 예정된 곳이 아니다. 통상적인 결말이 현재에 있다면 참신한 결말은 미래에 있고, 진정한 결말은 어쩌면 내세에 있을지도 모른다. 내세는 미래의 미래이며, 죽음이다.

결말은 닿을 수 없는 곳이고, 닿으면 사라지는 곳이고, 종점이 아니라 출발점이고, 졸다가 지나쳐 잘못 내린 정류장이다. 시를 쓰는 자신이, 영문도 모르고 태어난 지구 위에서 놀라 두리번거리는 사람처럼 느껴진다면, 시는 문득 결말에 닿은 것이다. 그러나 그 결말은 지구를 탈출할 수 없는 인간의 절망처럼 정확한 곳이다.

*

학생들 시를 많이 읽지만 더러 소설이나 희곡을 읽어야 할 때도 있다. 장르 불문하고 '글'을 잘 쓰려 하는 마음가짐이 필요하다고 말한다. 시, 소설, 희곡이 뉘 집 자식들이라면, '글'은 그 집 아비나 어미다. 밖에 나가 신이 나서 뛰어노는 아이들과 달리 부모는 아이들을 근심하고, 마음으로 늘 돌본다. 아이는 큰다. 커갈수록 부모처럼, 뭔가를 쓸 때 제가 쓴 걸 더 깊은 주의와 너른 염려로 검토하고, 수정하고 보살피는 일이 (객관적으로) 절실해진다.

'절실'이란 걸 아직 잘 모르는 채로 작은 곳을 천착하는 학생들을 방해할 이유는 물론 없다. 이따금 술이나 사고 즐거움이나 힘겨움을 들어주곤 한다. 작은 거울에 비친 제 모습을 달리 보게끔 큰 거울을 소개하기는 한다. 나는 눈앞이 캄캄해지면 늘 나를 가르쳐준 선생님들의 책을 읽는다. 읽어서 더 막막해지든 기운이 나든, 그다음은 언제나 내 몫이다. 잘 쓴 글은 어떤 것인가? 분투한 글이다. 좋은 글은 어떤 것인가? 분투한 줄 모르는 글이다.

*

말을 아끼라고 하면 어떤 학생들은 말을 아까워한다. 아끼는 건 아까워하는 것과 다르다. 아까워서 안 버리면 문면이 어설픈 말들로 덮인다. 머릿속에서는 아주아주 아까워하고, 입이나 손에는 소량의 말만 묻혀야 할 것 같다.

사는 것도 그럴 것이다. 다들 저 알아주길 바라는 건 인지상정인데, 자기 안 알아준다고 참지 못하고 말이 아까워서 떠들고 다니면, 싸구려가 된다. 누구나 서로를 '어느 정도'는 알아준다. 하지만 '어느 정도' 마음 가지고 쉽사리 '알아주는' 것도 실례다. 아껴야 하는 것이다.

인정 욕망이 없는 것도 이상하지만, 어떤 순간 어떤 지점에서는 그 마음도 지워지는 것 같다. 자기 글쓰기의 절정에서 누가 그런 걸 신경 쓰겠는가. 보석의 시장 가격을 모르고 처음 보는 외지인에게 그걸 태연히 내놓는, 천진한 원주민 같은 사람이 되는 순간이 글쓰기엔 있다.

가장 귀중한 걸 아까워할 줄도 모르고 누군가에게 선사하는 마음. 그런 귀한 순간. 이걸, 아끼는 마음이라 생각한다. 꿈에 떡 얻어먹기보다 더 드물게 찾아오는, 이 순간보다 더 큰 '알아줌'은 없다.

*

시를 어떻게 쓰면 되느냐고 여쭤보면 선생님은, 어린 아이의 눈으로 사물을 보라고 하셨다. 어른 몸에 아이의 눈을 갖는 것은 천진한 심성에 편견 없는 시각을 지니라는 말씀이었다. 그것을 틈날 때마다 새기곤 했다. 그 말씀의 속뜻은, 어른 몸에 아이 눈을 갖는 게 아니라 어른의 눈에 아이의 몸을 갖는 것이었다고 바꾸어 생각해본다. 몸이 마음보다 깊으니까 천진한 심성도 편견 없는 시각도 몸이 바뀌지 않으면 생겨나지 않을 것 같아서다. 어른 속의 아이 몸은 그에겐 가장 오래되고 깊고, 그래서 가장 약한 영혼의 몸체다. 지금 건져 올린 배 곁에서 울고 있는, 멀리서 왔을 저 사람들이 어른 몸에 아이 눈을 가진 걸로는 보이지 않는다. 아이 몸이 어른 눈을 붉게 물들여, 뚝뚝 떨어지게 만드는 것이다.

*

가끔 학생들에게 학교라는 제도의 규범적 질서보다 더 큰 바깥의 힘과 사태에 무시로 접해봐야 한다고 말한다. 그 질서에 충실한 모범생들을 폄하하는 건 아니다. 이 성실성도, 온갖 욕망과 게으름의 유혹을 이기고 얻어낸 것이니까.

하지만 온실인 학교가, 학교보다 더 큰 바깥의 학교를 눈 감으면 현실을 갈피 짓지 못하고, 세상을 밀고 가는 인간의 삶과 꿈을 모르게 된다. 학교 안의 작은 안정과 성실성은 어찌 보면 커다란 나태일 수도 있다. 학교 안에서 학교 주변에서 생활고와 취업난에 찌들어 사는 학생들에게 할 얘기는 아니지만.

시를 쓰고 싶다고 하니, 싫어도 말하는 것이다. 대단

한 모험이나 일탈을 바라는 건 아니고, 그냥 내가 주문하고 싶은 건 '이유 없는 방황', '이유 없는 반항'이다. 학교 울타리 안에는 물론 이유와 논리가 있다. 그 이유와 논리가 혼란에 빠지는 건 바깥 현실과의 관계 속에 놓일 때지만, 혼란을 겪으면서도 울타리 안에 웅크리면 난쟁이가 된다.

시는 그런 이유들 가지고 습득할 순 있어도 체득하기는 어렵다. 이유 있는 방황과 반항은 늘 찻잔 속 태풍으로 그친다. 방황과 반항에는 이유가 없어야 한다. 왜…? 인간이 '이유 자체'이기 때문이다. 아무리 그가 이유를 버려도, 안 보이고 안 들리고 죽지도 않는 마음 깊은 곳의 '이유'가 그를 갖고 있다.

그러니까 인간은 길 없는 길도 가는 거다. 삶과 꿈에도, 사랑과 죽음에도 이유 따위는 없다. 그것들은 본래부터 다 그냥, '이유'다. 시도 마찬가지. 그러므로 그 '이유'에 스치기 위해 이유 없는 방황, 이유 없는 반항이 필요하다.

*

화장 얼굴은 좋아 보이기도 하고 싫어 보이기도 한다.

화장은 개선이기도 과장이기도 왜곡이기도 하다. 이 셋의 오묘한 버무림 같기도 하고. 여성지 모델들의 화장 얼굴에 넋을 잃을 때도 싫증 날 때도 있고, 십 대들의 서투른 얼굴 화장이 우스울 때도 풋풋할 때도 있고, 자고 일어난 옆 사람의 조금 커진 얼굴이 낯설 때도 반가울 때도 있다. 화장'빨'에는 효과도 역효과도 있는 것이다. 문제는 제 얼굴에 맞는 화장술일 텐데, 그런 게 과연 있을까 싶다. 자연계에서는 수컷들의 외양이 더 화려하고 옛날의 남성 권력자는 온갖 장신구로 몸치장을 했다지만, 요즘 남성들은 치장과는 거리가 있고, 나 같은 사람은 집에 로션도 없다.

'잘'이란 부사어는 화장 같은 말이다. 잘 살자, 잘 놀자, 잘 쓰자…. '잘'은 꾸미는 말이다. 삶과 놀이와 글의 속성과 양상을 화장하는 말인데, 이 말 자체에는 어떤 강박이 들어 있는 듯하다. '잘' 속에는 어딘가 결여를 띤 온갖 꾸밈말들이 우글거리고 있는 것이다. 그냥 살고 놀고 쓰는 데서 출발해야 할 것 같다. 출발만이 아니라 시종 그래야 하는 건지도 모른다. 화장은 그저 치장이 아니라 얼굴의 아름다움을 발견하는 갸륵한 기술일 테니까. 잘 살고 잘 놀고 잘 써야 한다는 강박에 눌리면,

살지도 놀지도 쓰지도 못할 때가 많다. '잘'만 남는 것이다. 삶과 놀이와 글쓰기는 늘 그것들에 내한 어떤 수식어보다 더 크다.

글쓰기에 한해서라면, 화장술이 위장술이나 가장술(假裝術)이 돼도 좋을 듯하다. 그것이 마음의 발견과 발명을 돕는다는 점에서만 그렇다. 그런데 화장을 믿고 얼굴을 소홀히 하면 오히려 마음의 진실이 죽게 된다. 지나친 꾸밈은 어떤 종류의 매장술(埋葬術)이 되기도 하는 것이다.

*

…멋있는 말 좋아하지 마라. 멋있는 말 누가 못 하나….

선생님들의 말씀이었다.

하지만 시에도 멋있는 말이 있는 것 같다. 그것은 불현듯 제자리에 놓이는 말이다. 제자리에 놓인 말은 이상하게도 주위의 다른 말들을 빛나게 한다. 그리고 빛 가운데서 조금 약하게, 그늘처럼 빛난다. 멋있는 말 같지 않은데 보면 볼수록 멋있는, 그런 말이 된다.

그리고 선생님들도 사실은 멋있는 말씀을 하셨다. 들

을 땐 몰랐는데, 헤어지고 돌아와서야 깨닫게 되는 그런 말씀들.

*

공모 철이라 시를 가지고 오는 학생들이 더러 있다. 선생보다 더 잘 쓰면 된다고, 말한다. 묘사에 공을 들인 시들보다 자유로이 상상을 일삼는 시들이 더 많다. 추세인 듯하다. 내 생각에, 상상이야말로 묘사다. 묘사가 보이는 것에 대한 상상이라면, 상상은 안 보이는 것에 대한 묘사다.

쓰고 싶어 하는 마음, 그런데 잘 안 되는 마음이 결국 시를 쓰게 하는 거겠지. 등단에 대한 열정이 아니라 시에 대한 열정이 등단을 결정하고. 때로 술이 필요하냐고 묻기도 하지만,

다만, 헛소리는 말하지 않는다. 헛소리는 나의 소리다. 수십 년을 소리 질러, 겨우 헛소리 하나를 할 줄 알게 된 내가, 그걸 쉽게 알려줄 수는 없다. 사실은… 어떻게 알려줘야 할지 잘 모르겠다.

*

　시는 일종 무장해제의 경험이다. 시인은 제정신의 어느 행로에선가 자신 없게 아는 사람으로서가 아니라 자신 있게 모르는 사람으로서 쓴다. 이 용기 이외에 달리 무엇을 시라 부를까. 앎에 무장해제 당하지 않는 앎을 앎이라 할 수 없듯이 모름에 무장해제 당할 줄 모르는 모름은 모름이 아닌 것. 시는 제가 모름이란 사실을 결코 알지 못하는 어떤 순결한 모름의 상태에서 솟아난다.

*

　앞이 안 보이는 이들이 앞서간다. 캄캄해야 보이는, 안 보이는 빛이 있는 건가. 이 장님들을 인도하려면, 내가 장님이 돼야 한다.

해설
Commentary

POET

먼 어둠으로

김태선 (문학평론가)

    말함과 들음이 동시에 함께 이루어지는 독특한 방식의 움직임이 있다. 그것은 바로 신문, 용의자에게 자신이 숨겨두고 있는 이야기를 듣기 위해 던지는 물음이자 말하기이다. 마치 대화처럼 말하기와 듣기가 이루어지는 것이기에 신문은 신문받는 상대의 존재를 필요로 한다. 숨바꼭질 놀이처럼, 신문하는 이는 숨어 있는 것을 드러내고자 한다. 여기서 중요한 지점은 숨어 있는 상대 역시 들키는 일을 배제하지 않으며 오히려 기다린다는 점이다. 숨어 있음으로써 들킬 준비가 되어 있을 때에야, 즉 자신의 비밀을 누설할 용의가 있을 때에야 숨바꼭질 놀이가 이루어질 수 있다. 신문하는 이는 상대의 말을 기다려야 하고, 또 자신의 비밀을 누설해야 하는 이는 신문하는 이의 물음을 기다려야 한다. 서로의

Into the Still-Distant Darkness

Kim Tae-Seon (Critic)

Interrogation is a unique type of action in which speaking and listening simultaneously occur in order gain information or confession from a suspect. Speaking and listening happen together during simple conversation, but during interrogation the interrogator, as if in a game of hide-and-seek, is searching for that which is being concealed by the person being questioned. A major point here is that the subject of interrogation is very aware of the possibility of being caught, and awaits the outcome. Only when the subject is ready to be found does this game of hide-and-seek succeed. The interrogator must sift through the subject's responses, and the subject must wait for the

말이 들려오기 전까지는 각자가 고독한 가운데에서 말 건넴을 기다려야 한다.

이영광 시선집에는 「신문」이라는 제목의 시 두 편이 나란히 수록되어 있다. 그중 앞에 놓인 「신문 1」에는 수업을 끝낸 후 등나무 그늘에 앉아 학생들과의 저녁 식사 시간을 기다리는 인물이 이런저런 생각을 하는 이야기가 담겨 있다. 수업을 끝냈기 때문일까, 그 인물은 "해방이다"라고 말한다. 그런데 곧이어 "해방은 무슨, 캠퍼스 감금이지"라며 앞서 한 말을 부정하며 지운다. 수업을 끝냈더라도 그는 여전히 캠퍼스 안에 남아 있으며, 수업 시간은 되풀이될 것이기 때문일 터이다. 인물은 생각한다, "체제의 명령/ 제도의 냉기/ 등나무 그늘"을. 그렇게 등나무 그늘은 시스템의 냉혹함을 상기시켜준다. "먹고 살려면, 신문받아야 한다"는 말처럼, 오늘날을 살아가는 많은 이들이 먹고 살기 위해 체제의 명령과 제도의 냉기에 종속된 채 마치 죄인처럼 감금된 생활을 한다. 그러한 것들이 던지는 물음에 자신의 죄를 일러야 한다. 그러나 "신문받아야 한다"는 말은 또한 스스로가 제 자신에게 자신이 놓여 있는 상황 속에서 그와는 다른 삶의 목소리를 듣고자 하는 의지이기도 하다.

"목숨이란 무엇이냐", 그에 대한 답을 한 가지로 정리

questions; each waits in solitary confinement until receiving messages from the other.

In this book, two poems, "Interrogation 1" and "Interrogation 2," are arranged sequentially. The first tells of a speaker thinking several thoughts while waiting, in the shade of wisteria, for students coming to a dinner appointment. The speaker seems to have finished classes for the day and says, "I'm free." But he immediately dispels this thought: "Free? I'm confined to campus." He knows the classes will be repeated, and is confronted by other images including the "order of the regime," "chill of the system" and "shade of wisteria," the latter of which reminds him of the cold-blooded system. "I eat to live, so I must be interrogated," he thinks. This scene reflects the everyday life of many modern people who live confined lives, as if prisoners who are willingly subordinate to the regime, the system, in order to survive. They should confess their sins by answering questions flung at them by the regime, the system. However, the thought "I must be interrogated" also shows a sense of will from the

하는 일은 쉽지 않다. 삶은 등나무처럼 여러 가지 일들이 한데 뒤엉켜 있다. 체제의 명령에 종속된 감금 생활자에게 등나무와 등꽃의 푸름은 "굴욕의 문장들처럼" 다가온다. 쳇바퀴처럼 돌아가는 생활과 그 생활이 던지는 신문은 지겨울 것이다. 그런데 다시 앞서 한 말을 지우며 "아니 신문을/ 기다려 왔다"는 고백이 들려온다. "살고 먹으려면 날/ 신문해야 한다"고 한다. 앞서 '먹고 사는 일'은 삶이 현실의 유용성에 종속된 감금생활을 지시하는 표현이었다면, '살고 먹는 일'은 그와 같은 것을 전복시키며 어떤 유용성과 도구성에 종속되지 않는 삶의 존재를 드러낸다. 그와 같은 삶을 위해서는 스스로를 "신문해야" 할 것이다. 신문의 내용은 이렇다. "넌 누구냐?" "너는 나냐?", 이때 '나'는 '너'라고 표현됨으로써 찢김이 이루어진다. '나'와 '너'라고 지칭된 '다른 나'의 존재가 동시에 나타나는 것이다. 그렇게 '나'의 안에 있으면서 동시에 그 자체가 바깥이 되는 타자의 존재가 그 모습을 들키게 되는 것이다. 평소 숨어 있기에 쉽게 알아차릴 수 없는 '나'이면서 동시에 타자인 것. 타자는 '나'라고 하더라도 더 이상 '나'에게 속하지 않는 바깥을 이른다.

바깥은 앎의 너머에 자리한 것의 이름이기도 하다. 마치 어둠 속에 있는 것처럼 깊이 숨어 있어 알 수 없

speaker, who wants to be asked questions from the internal self so he can survive his current situation.

"What is life?" The answer—or answers—lie tangled within the vines of wisteria. To a person confined within the regime, the blueness of the wisteria feels like "sentences of humiliation." Life spins in circles, and the questions ejected from it are boring. But what has been said earlier is replaced by a confession: "no, / I've been awaiting interrogation," and "I live to eat, so I / should interrogate myself." The idea of eating to live indicates that life is confined within the realm of reality, but conversely, "live to eat" admits the existence of a life that isn't solely an instrument of logic. To have the latter life, it's necessary to interrogate the self .

During the interrogation laced with questions such as "Who are you?" or "Are you me?" existence itself is divided by the notion of me becoming you, and a separate me emerges. The outsider who was hiding within me has been found.

는 것, 모르는 것이기도 하다. "나는 나와 동일인이 아니다"라는 선언은 그와 같이 자신 안에 있는 바깥, 모르는 이, 타자의 존재를 긍정하는 한 절차이다. 동일자와는 다른 것들의 존재를 긍정해야만 신문이 이루어질 수 있다. 신문은 '나'를 찢기게 함으로써 "나와 동일인이" 아닌 타자의 존재를, 자기 안에 있는 바깥의 존재를 드러낸다. 또한, 신문은 다시 그에게 말을 건넴으로써 그의 말을 들으려 하는 말하기의 방법이기도 하다. 이렇게 묻는 까닭은 '먹고 사는 일'과는 다른, '살고 먹는 나'라는 삶 그 자체에 다가가기 위함이며, 삶을 향하여 자신을 열기 위함일 것이다. 이때 문제는 그 숨어 있는 것, 드러나지 않는 것의 말을 어떻게 들을 것인가, 어떻게 볼 것인가 하는 점일 터이다.

두 번째 자리에 놓인 「신문 2」에서 '신문'은 시를 얻기 위한 한 방법으로 쓰였다. 잡지 편집자가 시를 얻기 위해 '나'를 신문하였듯이, '나' 역시 시를 얻기 위해 '나'를 신문한다. 그러나 "몇 문장만 얻어보려고" 하는 속셈으로 인해 그 신문은 그저 시늉에 그칠 수밖에 없다. 숨어 있는 것에 다가가기 위해서는 겉에 드러나는 것만을 보아서는 어려울 것이다. 시인이 그러한 일에 지쳐 그만둘 무렵, "어느새 저만치/ 신문받던 내가 뒤따라오고 있다"고 한다. 그 '나'는 "우물쭈물 무슨 할 말

This self belongs to the exterior world and is familiar with hiding, so it cannot easily be recognized. Its origin lies beyond awareness. Confessing, "I am not the same person as me" is a vital part of the process toward affirming the existence of the foreigner, the outsider, who resides within the self. Once that existence is confirmed, the interrogation can proceed.

Lee's purpose behind the interrogation conceit is to apprehend the self who doesn't eat to live but lives to eat, and to expose the self to the light of life. The problem lies in how the interrogator listens to the words that may reveal what has been hidden away.

The interrogation method is used again in "Interrogation 2" as a means to divulge the essence of poetry. A magazine editor cajoles the speaker to produce poems from the me, so the I interrogates the self for inspiration, "in order to gain some lines." This interrogation is only a pretense; scratching the surface in hopes of uncovering buried treasure. When the speaker tires of the effort and walks away from the interrogation,

이 있는 모양인데", 다가서려 하면 멀어지고 좀처럼 다가갈 수가 없는 것으로 그려진다. "부르면 등 돌리고 아무 말이 없다"는 모습처럼, 그것은 자신을 드러나게 하는 대낮과 같은 방식의 말하기로는 제가 하고 싶은 말을 온전하게 전하지 않을 것이다. 숨어 있는 것, 밝힐 수 없는 것은 그만의 고유한 방식으로 말해져야 한다. 어두운 것의 목소리를 듣기 위해선 자신 역시도 어두워져야 할 것이다. 어두운 것에 밝은 빛을 비춘다면 그것은 제 자신의 고유함을 잃어버리고 왜곡된 모습이 되어버리고 말 것이다. 그것은 밝은 빛 아래에서는 볼 수 없는 것이다.

시인은 「해」에서 "해가 동에서 떠 서로 가는 걸/ 오래 바라보았다"고 한다. 해는 빛의 근원이지만, "환해서 안 보이는 그것"이기도 하다. 너무나도 밝은 빛은 눈에 보이지 않으며, 눈으로 볼 수 없게 만든다. 역설적이게도 밝은 빛은 그 자체가 또 다른 어둠이다. 그러나 그 어둠은 "모조리 까발려진 어둠"이자 "다 벗고 지나가는 비밀"이다. 밝힐 수 없는 것은 오히려 그렇게 "다 벗고 지나가는 비밀"처럼 너무나도 밝아서 보이지 않는 것, "모조리 까발려진 어둠"이어서 더욱 비밀스러워 다가갈 수 없는 존재를 이르는 것이 아닐까. 때문에 잘 보이기 위해서는 오히려 '꼭꼭 숨는' 일이 필요하다. 이때 그

he discovers that "in the distance / the questioned self is dogging me." The self seems to hesitate, and when the speaker tries to approach, it keeps its distance: "I turn but self turns away when I call out." The self won't freely admit the words that it wants to express; the broad daylight forces the self into the shadows. Secrets must be disclosed in their own fashion. To interrogate the voice of darkness, one must also enter the darkness—shining bright sunlight on darkness only distorts its unique qualities.

In "The Sun," the speaker declares, "I gave the sun a long look / as it moved from east to west." The sun, the source of light, is also "Too bright to be seen." Light that is too bright makes it impossible to see things, so Lee's paradox is that bright light is only another type of darkness. That "completely revealed darkness" creates the opportunity of "The completely naked secret passing by."

The naked secret is too bright to be seen just as the revealed darkness cannot be comprehended.

것이 보이는 방식이 '들킴'이라는 사실이 중요하다. 들킨다는 것은 능동적인 방식으로 제 모습을 드러내는 것이 아니라, 수동적인 방식으로 제 비밀을 노출 당하는 일을 가리킨다. 이는 교환의 방식이 아닌 증여와 절도의 방식을 통해서만 그 온전한 모습을 유지할 수 있는 삶에 담긴 독특한 비밀 중 하나이다.

교환은 어떤 하나의 척도로 사물들의 가치를 평가하는 방식이다. 그러나 증여와 절도는 사물이 다른 척도에 의지하지 않은 채 그 자체의 존재를 긍정하는 움직임이다. 때문에 「숨바꼭질」에서도 시인은 자신이 할 일은 "잘 숨는 일"이라고 한다. "그래야, 들킬 테니까"라며 시 짓기의 한 방법을 고백한다. 잘 숨는 일로써 잘 들키고자 하는 까닭은, 바로 밝은 말, 대낮의 말로는 들을 수 없는 목소리를 듣기 위해서이다. 백주대낮의 밝은 빛은 그저 사물의 한 측면만을 보여줄 수밖에 없다. "엄정하게,/ 모두 뽑겠다"(「퇴근길」)는 말처럼 시인은 눈에 드러난 사물의 일부가 아닌, "눈 감고" 만나게 되는 것들, 몸으로 부딪혀야 하는 삶이다. 이를 위해 「숨바꼭질」에서 시인은 "압착 신문으로, 신병이 확보"되어 숨겨진 것을 "누설"하는 꿈을 꾼다. 그러나 언어라는 것은 숨어 있는 것을 밝은 대낮으로 초대하는 것이기도 하여서, 밝힐 수 없는 것을 온전하게 표현하는 일은 쉽

Thus, it is necessary to (from "Hide-and-Seek") "find the perfect place to hide" in order to be successfully revealed. Lee tells us that the way of being seen is to be caught, which is not active but passive. This is one of the unique secrets of life that cannot be subject to a transaction, but can only be given or stolen. A transaction implies evaluation of the value of something, based on someone's standards. Donation or theft, however, rejects standards as a way to affirm an object's existence. That's why, in "Hide-and-Seek," the speaker confesses his way of writing poems: "I must go into hiding / ⋯ / so I can be found." The reason he wants to be caught is to hear the voice that can't speak in the language of sunlight. The bright light at noon shows only one side of an object.

As he writes in "On My Way Home from Work," "Strictly and fairly, / I will select all of you." Lee lives a life in which all facets of an object should be met "with my eyes closed." Thus he dreams in "Hide-and-Seek" of being "taken into custody," and being "intensely interrogated" before eventually "confessing." But it's not

지 않다. 설혹 그와 같은 기적이 일어나 시를 얻게 되더라도, 그 순간 시인은 시의 주인, 시를 쓴 "진범"의 자리에 있지 못하게 된다. "진범에서 용의자로 단순 목격자로 강등"되는 일을 겪어야만 하는 것이다.

그러나 그렇게 "단순 목격자로 강등되어" 풀려나더라도 시인은 '나'를 신문하는 일을, 숨으면서 들키는 일을 멈추지 않을 것이다. 그와 같은 일이 시를, 그리고 삶을 몸으로 부딪치며 보고 만나는 일이기 때문이다. "이제 돌 가지곤 안 돼"(「청동기」)라고 말할 수밖에 없는 세상이 그로 하여금 "피에/ 젖어" 있는 '돌'을 보게 하며 끊임없이 '지금'과는 달라질 것을 요구하기 때문이다. 삶은 자신의 이야기를 대낮의 빛에 스스럼없이 드러내지 않는다. 언제나 숨어서 들키기만을 고독하게 기다리고 있을 뿐이다. 가령 "먹고 사는" 문제에 종속되는 일을 피해 "살고 먹는" 삶을 찾아 발전소 굴뚝으로 올라간 이들의 이야기가 언론 매체를 통해 전해진 적이 있다. 그러나 언론이나 정치의 언어는 몫의 분배에만 초점을 맞출 뿐, 굴뚝에 오른 이들의 삶과 보이지 않는 내밀함에는 귀를 기울이지 않는다. "공중을 나의 공장처럼 안으려면/ 새가 되어야 할까요"라고 물으며 시인은 「굴뚝새처럼」에서 눈에 드러나지 않는 어둠에 한 걸음 다가가려 한다. 살아나고자 하는 것들을 어느 하나 배

easy for dark secrets to be revealed exactly as they are, for language is the bright sunlight that distorts. As Lee gains poems, he still can't be "the accused" who actually wrote the poems, and must be subjected to becoming "Demoted from the accused to a suspect and finally only a witness."

Even after being demoted to a witness and eventually released, the self-interrogation doesn't stop, for Lee needs to discover the life and poetry that is concealed. In "Bronze Age," the speaker realizes "We need more than stones" but also understands the importance of seeing the stones "Covered with / so much blood." Now leads to new. Life hides from bright daylight and waits in solitude to be discovered.

The South Korean media once reported about union workers who climbed a smokestack of a power plant to protest being forced to "eat to live" instead of being able to "live to eat." However, the media and politicians were only focused on the action's effect on capitalism and didn't hear the hidden messages about the

제하지 않고 모두 긍정하고자 한다면 스스로 어두워지며, 그 어두운 곳을 향해 가야 할 것이다.

물론 "하얗게 살얼음이 낀 공중의 공장 길"에 이르는 일, 그 길을 디디며 나아가는 일은 쉽지 않을 것이다. "내가 무임이 되기 전에는/ 어떤 박봉으로도 안 되는/ 무상이 되기 전에는" "사랑과 자유와 평화와 삶과 죽음으로 가는/ 무상의 열차"(「무임승차」)에 탑승할 수 없다. 시인은 그 숨겨져 있는 삶을, 숨어 있기에 고독한 삶에 다가가기 위해 자신 역시 스스로 어두워지고자 한다. 그렇게 "어둠으로부터/ 어둠의 어둠의 어둠으로부터/ 눈을" 뜨는 것 '산 채로' 태어나는 것이야말로 '사랑'일 것이다(「사랑의 귀신」). 그런데 시인은 이를 그저 '사랑'으로 두지 않고 '사랑의 귀신'이라 쓴다. 그 사랑은 어둠으로부터 태어났으며, 어둠을 끌어안고 그 어둠을 통해서만 다가갈 수 있는 것이기 때문일 터이다. 어두워지는 일, 이는 자신의 한계와, 인간의 유한성과 만나는 경험을 통해 가능하며, 또 그러한 경험을 통해 이루어진다.

인간으로 하여금 자신의 유한성과 맞닥뜨리게 하는 것 중 하나가 시간이다. 시인은 「조금 전 조금 뒤」에서 '조금 전'이라는 시간에 늦고 만 두 가지 이야기를 전한다. 하나는 빚을 받으러 누군가를 찾아갔던 이야기이고, 다른 하나는 "아버지 위중하단 전화 받고 내달렸는

protestors' lives or feelings. In "Like a Chimney Swift," Lee attempts a step into the darkness, asking "Should I become a bird / to cling to this nest in midair like I cling to my factory?" One must become move into the dark, must become darkness, to affirm without exclusion that all beings wish to "live to eat."

Of course, "the thin white icy path of the factory in midair" is not a thing that one can easily cling to. It's not possible to board "the free-ride train" (from "Free Ride") and move "to love and freedom and peace and life and death" unless one first makes the sacrifice to "become fare-free / unless I become unpaid / and never draw even the smallest salary." As Lee becomes dark in order to approach the hidden, solitary life, he finds, in "Ghost of Love," that love "opens eyes / from darkness / from darkness of darkness in darkness" and "is born / alive." To embrace darkness and become part of it is possible only when human limits are acknowledged.

Time is one reason humans encounter finiteness. In "A Little While Ago   A Little While Later," Lee re-

데” 늦고 만 이야기이다. 시에서 “나는 조금 전을 이겨
본 적이 없다”는 고백의 말처럼 인간은 시간을 이길 수
없다. “흉하게 일그러지는 네 우는 얼굴에” 도착하여
그 아픔에 참여하고자 하는 마음이 간절했을 터이지만,
‘조금 전’이라는 시간에 인간은 언제나 늦을 수밖에 없
다. 그보다 인간을 더 무력하게 하는 것은 ‘조금 뒤’라는
시간의 도래이다. ‘조금 뒤’는 “응, 이제 괜찮아, 정말
괜찮아”라며 ‘조금 전’에 늦을 수밖에 없는 아픔을 지우
며 다가온다. 그러나 이런 무력함을 느끼는 일, 자신의
유한성과 만나는 일은 ‘나’가 이 세상의 주인이 아니라,
다른 것들과 함께 날실과 씨실처럼 엮여 있는 존재자임
을 경험케 한다.

　「조금 전 조금 뒤」에서 ‘조금 전’에 늦을 수밖에 없었
다는 사실을 일러주는 것이 “조금 전에 이사 갔는데요”
“조금 전에 돌아가셨다”라는 다른 이의 목소리라는 점
을 눈여겨볼 필요가 있다. 인간으로 하여금 자신의 유
한성과 만나게 하는 것은 다른 이의 목소리이며, 그 만
남은 다른 이의 말함을 듣는 일과 함께한다. 인간이 자
신의 유한성과 만나는 자리에서 함께하는 타자의 말은
우리로 하여금 들킴으로써만 제 모습을 드러내는 어둠
으로, 어떤 비밀로, 어떤 신비로 우리를 안내한다. 「어
머니 말씀」에서 “어머니 말씀”을 듣는 ‘나’의 모습이 등

members times when he came too late (to collect a debt or to attend his father's death). He confesses that "I could never beat 'a little while ago.'" Humans can never defeat time, but even more frustrating can be the times that happen "a little while later." He is too late to share the emotional of a loved one's "contorted and crying face" and instead must endure hearing "Yes, I'm okay now, really I'm okay" which does not erase the pain of being too late. Feeling the limits of human existence forces to speaker to confess that he is not the owner of the world, but lives with others somewhere in the weaving of warp and weft.

This poem forces us to bear witness to the voices of other people that say "Oh, that person moved away a little while ago" or "Oh, he passed away a little while ago." These voices from others become part of the self-interrogation and force us to confront our human finiteness; they guide us into darkness where secrets and mysteries are waiting to be found. In "Mother's Words," the words the speaker hears are initially "incoherent" things that present the darkness

장하는데, 여기서 그 말씀이 "이해할 수 없는" 것이라는 점은 중요하다. 이해할 수 없는 것, 그것은 대낮의 밀과는 다른 어둠을 표현하는 것이기 때문이다. 이성의 명료한 언어와는 다른 것이어서 "앞뒤가 안 맞는 말씀"이지만, 그와 같은 어두운 말로만 표현할 수밖에 없는 삶이 있다. 아니, 삶이야말로 그렇게 어두운 말로만 온전하게 제 모습을 들키도록 허락하는 것인지도 모른다. 때문에 시인은 "이해하려 하지 않아도 처음부터/ 이해되어 있는 말씀"이라 한다.

명료한 것으로 드러낼 수 없는 것이기에 삶은 신비를 품고 있다. 그러한 신비를 듣기 위해선 제 스스로도 신비처럼 어두운 것이 되어야 한다. 그렇게 시인이 "들어드린다고" 하는 것의 내용이 심상치 않다. "이렇게나 쉼 없는 유언" "이렇게나 쉽게 계속될 신비"라고 하는 것처럼 "어머니의 말씀"으로 전해지는 타자의 말은 끝없고, "쉽게 계속될 신비"의 모습으로 전해져 온다. 유한성과의 만남에서 함께하는 타자의 말은 역설적으로 무한한 것으로 나타나며 무한을 향해 열린다. 어머니는 '나'에게는 타자이자, 동시에 '나'의 근원을 이루는 자로서 또 다른 '나'이기도 하다. "어머니 말씀"을 듣는 일은, 시인이 '나'에게 했던 신문의 움직임과 다르지 않다. "신문은 우릴 먼 어둠으로 데려갈 터이다"(「신문 2」),

hiding from the language of daylight. They may be "illogical words," but they reveal a life that can only be expressed in the language of darkness. The speaker eventually realizes "Even though I didn't try to understand at the beginning / her words have already become coherent."

Life's mysteries are concealed in the darkness, and one must enter the darkness to find them. When Lee says "I willingly listen" to another person's serious words, to "her last words that continue so restlessly," he encounters endless "mysteries that will continue so easily." Listening to another person is a crucial part of the interrogation process; another person's words are the junction where one meets one's own finiteness, which paradoxically leads to infinity. Listening to his mother's words is not different from self-interrogation, for another person is merely another *me*, even the root of *me*. In "Interrogation 2" the line "the interrogation will carry us into the still-distant darkness" Lee is confirming the concept that life's mystery and human finiteness can't be seen in broad daylight. Us-

그곳은 대낮의 말로는 가닿을 수 없는 삶의 신비, 인간의 무한이다. 그러한 무한으로 이끄는 것은 "지친 미안과 엄한 다독임"처럼 반어처럼 보이기도 하고, 역설처럼 보이기도 하는 타자를 향하는 말, 타자의 말을 듣는 일이다. 신문에서 말함과 들음이 하나의 움직임으로 나타나듯, 말함과 들음은 타자를 향해 동일한 움직임을 수행한다. 그것은 "이별은 나에게 지각하고,/ 나는 이별의 지각에/ 지각"함으로써 만나게 되는 "걱정에 싸여"있는 말, "마음 없는 말이 없었다/ 말 없는 마음이 없었다"는 사실이다(「지각」). 그와 같은 말을 나눌 수 있을 때 우리는 '고독' 안에서 '고독'을 넘어서 타자를 향해, 삶을 향해 열리는 경험을 하게 될 것이다. 고독의 유한 안에서 공동의 무한으로, 나와 타자의 먼 어둠으로 이르는 경험을 하게 될 터이다.

ing the language of darkness, listening to others and speaking to them in paradoxes (Tired of sympathy and strict coaxing) is the key to a successful interrogation. "I felt every single word was wrapped in worry / there was no word without mind / there was no mind without a word," the poet writes in "Being Late." He realizes "Separation had come late to me / and simply I came late / to the delayed separation." When we can share that language of darkness, we can go beyond our solitude and share experiences that are open to strangers, open to life itself. We can experience the communal infinity inside the singularity of finiteness and reach "into the still-distant darkness" of others, and of self.

이영광에 대해
What They Say About Lee Young-kwang

삶은 불안한 균형 잡기의 연속이다. 의존과 경쟁의 불안한 균형, 안주와 이탈의 불안한 균형, 있음과 없음의 불안한 균형, 조화와 파괴의 불안한 균형 사이에서 생은 요동한다. 하지만 불안의 경로를 끝끝내 응시하고 사수하려는 강인한 의지야말로 위태로운 삶을 밀고 나갈 수 있는 힘이다. 이영광의 시적 에너지는 이러한 내적 의지와 정신의 치열성에서 발화된다.

강경희

이영광의 시에는 지상의 삶에 깊이 뿌리내린 자에게만 허락되는, 강인한 부드러움이 있다. 높은 데서 낮은 데로 떨어지는 물의 흐름은 지극히 당연한 세상의 이치이지만 그 흐름에서 멈춤을 보고, 다시 그 멈춤 뒤에 숨어 있는 흐름을 보는 것은 시인이 강인한 듯 부드럽고, 부드러운 듯 강인한 정신의 소유자이기 때문이다.

전병준

Life is an endless and uneasy balancing act. Life hangs in the uneasy balance between reliance and competition, between living in comfort and secession, between presence and absence, between harmony and destruction. However, a strong will; walking steady on an unsteady path until the end and defending the path to the last, is the force that propels precarious life. Lee Young-kwang's poetic energy originates from this will and the passion in his mind.

Kang Kyung–Hee

Lee Young-kwang's poems possess a strong soft-ness, which is allowed only to people who are deeply rooted in life on earth. It's only natural that water falls from heights to the depths, but he can recognize the interruption of the flow, and can also notice the flow hiding within the interruption, because he has a strong mind, is gentle in his strength, and is strong in his gentleness.

Jeon Byung–Jun

K-포엣
해를 오래 바라보았다

2019년 12월 3일 초판 1쇄 발행
2020년 3월 19일 초판 2쇄 발행

지은이 이영광 | 옮긴이 지영실, 다니엘 토드 파커 | 펴낸이 김재범
편집 강민영 김지연 | 관리 김주희 홍희표 | 디자인 나루기획
인쇄·제책 굿에그커뮤니케이션 | 종이 한솔PNS
펴낸곳 (주)아시아 | 출판등록 2006년 1월 27일 제406-2006-000004호
주소 경기도 파주시 회동길 445(서울 사무소: 서울특별시 동작구 서달로 161-1 3층)
전화 02.821.5055 | 팩스 02.821.5057 | 홈페이지 www.bookasia.org
ISBN 979-11-5662-317-5 (set) | 979-11-5662-420-2 (04810)
값은 뒤표지에 있습니다.

K-Poet
I Gave the Sun a Long Look

Written by Lee Young-kwang | **Translated by** Youngshil Ji and Daniel T. Parker
Published by ASIA Publishers | 445, Hoedong-gil, Paju-si, Gyeonggi-do, Korea
(Seoul Office: 161-1, Seodal-ro, Dongjak-gu, Seoul, Korea)
Homepage www.bookasia.org | **Tel** (822).821.5055 | **Fax** (822).821.5057
ISBN 979-11-5662-317-5 (set) | 979-11-5662-420-2 (04810)
First published in Korea by ASIA Publishers 2019

This book is published with the support of the Literature Translation Institute of Korea
(LTI Korea).